미래슈퍼 옆 환상가게

민음의 시 ● 323

미래슈퍼 옆 환상가게

강은교 시집

민음사

자서(自序)

그러나, 그러나

바라건대.

시여, 달아나라, 시여, 떠나라, 시의 늪들을.

그때 시는 비로소 일어서리니.

2024년 7월
강은교

차례

3부 내것이 아닌 나의

1부
운조의,
현(絃)을 위한
파르티타

내가 팔을 뻗치면

내가 팔을 뻗치면, 기다렸다는 듯 너는 끌려오고

네가 팔을 뻗치면, 기다렸다는 듯 나는 끌려가고

눈부신 암흑

우리의 두 팔은 허공에 서로의 손바닥을 대고

대지에 심겨진다

꽃을 끌고

꽃잎이 시들어 떨어지고서야 꽃을 보았습니다
꽃잎이 시들어 떨어지고서야 꽃을 창가로 끌고 왔습
니다
꽃잎이 시들어 떨어지고서야 꽃을 마음 끝에 매달았습
니다

꽃잎 한 장 창가에 여직 남아 있는 것은 내가 저 꽃을
마음 따라 바라보았기 때문일 것입니다
당신이 창가에 여직 남아 있는 것은 당신이 나를 마음
따라 바라보았기 때문일 것입니다
흰 구름이 여직 창틀에 남아 흩날리는 것은 우리 서로
마음의 심연에 심어졌기 때문일 것입니다

바람 몹시 부는 날에도

용서

이제 쓸쓸함을 아는 이는
　　　용서해 다오, 나는 어느 날의 먼지
이제 홀로임을 아는 이는
　　　용서해 다오 나는 풀잎 한 장 앉았다 가는 서러
운 창틀
이제 울음을 아는 이는
　　　용서해 다오, 나는 너무 넓은 우산을 폈었음을
이제 늙음을 아는 이는
　　　용서해 다오, 나는 너무 긴 황금빛 햇살을 앉히
려 했었음을

붉은 달빛

지하철은 언제나 아뜩하다

그것은 내가 내려야 할 정거장을 언제나 지나친다

기억 속의 붉은 달빛 하나, 참 아뜩하다

그것은 너에게로 가는 길을 끝없는 농담처럼 묻고 묻
었다

저 하늘의 피리소리가

저 하늘의 피리소리가

저 땅의 퉁소소리와 만나

태허(太虛)에 다리를 놓는다면

광야의 아이들아

입맞추라, 그 가운데쯤에서

사랑할 수 있는 한 사랑하라

그리워할 수 있는 한 그리워하라

너를 잃으니

너를 잃으니

비로소

너를 얻네

너는 비로소 내 것이 되었네

교목(喬木)

내 여태껏 여기 서 있음은

수만 길

주름진 교목이 되고자 함은

너를 기다리기 때문이다

네가 여기로 와서

바람 스치는 내 그늘의 품에 안기기를 기다리기 때문
이다.

내 키스가 너를 잠들게 하리라 생각되기 때문이다.

부활

진흙을 밀어올리는 힘이

　　너를

밀어올렸다

　　　나 또한

　　너를

밀어올렸다

　　　수천 년 전에

가야금

이름도 잊어버린 고등어조림집

어디서 가야금 소리가 들려오데

바람 스민 툇마루

다 삭은 주름에 기대어

때묻은 비단 옷소매

고개를 넘어가데, 넘어가데

자갈길

저녁나절에
새들이 푸드득푸드득 돌아오는
저녁나절에
보리수 은꽃 핀
자갈길을 걸어
너는 온다

　　너는 나의 심장을 연다

　　저녁나절에
　　새들은 푸드득푸드득 돌아오고
　　처마끝들도 서걱서걱 꿈꾸러 오고
　　내 속으로 오르는 계단 구불구불 날개 펴는

애란 잔디

애란 잔디가 웃네

온몸 적시고 웃네

몸에는 삼천 기도 휘휘 두르고

삼천 은총 휘휘 두르고

삼천 구슬 너머 멀리 머얼리

가장 기-인 소리

뒤꼍

에 서서

이 세상에서 가장 기-인 소리를 듣는다

젓가락 부딪는 소리

밥알 뜯드는 소리

밥알 사이로 들어서는 기임-소리

또는

너의 핑크빛 수움-소리

기-인 키스 소리

무수한 내가

무수한 내가 무수한 너를 건너가네

무수한 네가 무수한 나를 품에 안네

삶은 멀리 걸어가고

죽음은 가까이 걸어오니

질서는 무질서로 걸어가고

무질서는 질서로 걸어오니

무수한 네가 무수한 너를 건너가네

무수한 내가 무수한 나를 건너가네

선물

멀리 있는 이에게 이메일을 하네

　너는 참 아프구나
　네가 아프니 내가 아프고
　내가 아프니 네가 아프고

멀리 있는 이에게 이메일을 하네

　너는 선물이었어, 푸른 창문으로 키 큰 가로등이 잔
뜩 고개 숙이고 서 있는 밤, 푸른 새벽을 가르며 오는 너
의 푸른 노래는 횡재였지, 인생에는 가끔 횡재가 있어, 비
단 사다리가 하늘에 드리워 있거나, 그래서 라푼젤처럼
그리로 올라가 보거나 할 수 있는, 대박, 대박

　멀리 있는 이에게 이메일을 하네

이메일은 흰 빵처럼 부풀어오르네

네가 부푸니 내가 부풀고

내가 부푸니 네가 부풀고

너의 길

길을 잃는다는 건 길을 얻는다는 것

벗어 놓은 잠들은 출렁출렁 길 위에 내려쌓이고

벗어 놓은 꿈들도 출렁출렁 길 위에 내려쌓이고

무한궁릉 번개처럼

무한궁릉 천둥처럼

나아가라 너의 길을

나아가라 너에게로

저녁 식탁

밥과 국이 현을 켜는 저녁 식탁

뛰어드는 놋숟가락 하나

물의 터널 하나

아야아

벽

그대가 언젠가 놓고 간 벽

    움푹 파인 거기에

    등잔 하나

불빛 두울

    멈춰라, 순례자여

붕대

한 사람이 걸어와야

그 길은

불현듯

길이 된다네

수천 년

내 상처처럼 덧나고 덧나

지구를 칭칭 동여맨다
새벽빛 붕대로 우리를 칭칭 동여맨다네

아무데도

나의 심장을 바알갛게 물들이는 너
모든 벽의 허파를 바알갛게 물들이는 너

오늘

너는 아무데도 없구나

내가 못 본 내 고양(高揚) 너머

누가 무너지지 않으랴

사랑하는 사람은

사랑하는 사람은 끝없이 사랑하고
꿈꾸는 사람은 끝없이 꿈꾸네

잠의 끝을 밟는 저 자갈소리
엎드린 만리 계단,

빅뱅을 향하여
또는
블랙홀을 향하여

없는 죽음을 향하여

사랑하는 사람은 끝없이 살아
꿈꾸는 사람도 끝없이 살아

잠의 창문 앞에 삶의 깃발 끝없이 끝없이 펄럭여

계단

기-인 키스 나부끼는 계단

너의 낡은 구두, 나에게 보내 다오

계단에는 오렌지빛 주단을 깔 테니,

내 발 등에 입맞추는 널 보게

죽음은 삶의 뺨을 만지며 끝없이 기적을 울리네

그 작은 주점

초록빛 소주병 뚜껑들이 대나무 벽마다 꽂혀 춤추는

시끌벅적 그 작은 주점

등대 모양 브로치, 가슴에 달고 있는 그 여자

시끌벅적 드럼통 앞에 앉아

배를 타러 가네, 등대 모양 브로치 돛처럼 펴 들고

시끌벅적 그 작은 주점

2부
당고마기고모의
여행노래

당고마기고모의 굽 낮은 구두

**신장에 탈취제를 넣다가 고모의 굽 낮은 구두를 발견했
어, 나는 순간 흥얼흥얼 노래했어**

고모가 구불구불 걸어가네
아까와 신지 않은 굽 낮은 황금빛 구두를 신고
걸어가네
걸어가다 걸어가다 잠시 쉬기도 하네
황금빛 구두에 철퍼덕

그 골목길에는 유난히 화분들이 많았어,
고무 물통에 심은 선인장에서부터 천사의 나팔꽃이라는
꽃, 그런데 그것들은 모두 그림자를 안고 있었어, 오지 항
아리, 키 작은 채송화는 키 낮은 그림자를, 천사의 나팔꽃
은 천사의 그림자를, 흰 계란 껍질은 흰 그림자를, 한숨의
안개 서린 담배꽁초.

고모의 굽 낮은 구두가 일어서네
단풍나무를 지나 일어서네
단풍나무 허리를 만지며 일어서네

길을 뽑으며 일어서네

단풍나무 실뿌리를 굽낮은 구두에 담고 일어
서네

천사의 나팔꽃을 넘어

하느님네 그림자를 넘어

전단지들이 가득 허리를 붙이고 휘날리는 전봇대, 전봇
대에는 초록색 테이프 자국들이 빗방울처럼 가득해

고모의 굽 낮은 구두가 나네

단풍나무를 지나 나네

단풍나무 허리를 만지며 나네

길을 뽑으며 나네

단풍나무 실뿌리를 굽 낮은 구두에 담고 나네

눈물을 잃는다는 것

무수한 내가 무수한 나를 잃는다는 것

무수한 내가 무수한 나를 만난다는 것

아, 고모, 고모, 당고마기고모

등 뒤 그림자도 따뜻한 굽 낮은 구두,
여기 있네, 황금빛 구두

하늘색 가위

난 그때를 기억해, 흑장미 가시돋친 팔 하나를 자르려
고 하였을 때 나는 하늘색 가위가 없어진 줄을 알았지,
　　마당 구석구석을 헤맸어.
　금목서 속잎도 들춰 보고, 앵도 속잎도 들춰 보고, 애
란잔디 꽃잔디 속잎도 들춰 보고, 공작단풍 흑자줏빛 머
리칼 속에 손을 넣어 보기도 하고…… 언덕길도 헤매고
　　그러나 하늘색 가위는 없었어.

　　　　잔뼈는 녹는 듯
　　　　　굵은 뼈는 휘어드는 듯

　나는 마을로 나갔어, 조경사였다는 서 선생 집도 들여
다보고, 마을 안길의 모든 편지함들을 들여다보고, 고추
집 골목도, 하우스를 하는 김 사장집도 들여다보고, 목련
꽃이 가득 담긴 화병 같은 화단을 가꾸는 양파 아줌마 집
도 들여다보았어…… 대파를 심고 있는 이장집 아줌마에
게도 물어보았어.

　　　　잔뼈는 녹는 듯

굵은 뼈는 휘어드는 듯

나는 하늘색 가위의 인상착의를 말해 주었지만, 맨발에 슬리퍼를 신고 짧은 바지를 입었으며 손에는 주머니를 들고 있음…… 뭐 그렇게 설명하곤 했지,

오, 나의 하늘색 가위, 당고마기고모가 그렇게도 애지중지하던 하늘색 가위, 지금 맨발에 슬리퍼를 신은 채 어딜 헤매고 있나, 아니, 어디선가 그 넓은 양팔을 벌려 흙이라든가, 그 무슨 꽃가지를 안고 있나.

흙 속에 몇천 년을 돛이 되어 있는 너, 나는 오늘도 꿈꿔, 그 녀석이 저 매화가지를 안던 것을, 어디 어디, 하며 꽃가지 찾던 것을, 가장 넓게 팔을 벌리고, 매화 웃자란 가지에 조심조심 키스하던 것을,

　　잔뼈는 녹는 듯
　　　굵은 뼈는 휘어드는 듯

환상가게

오후 5시쯤 되었어요, 내가 N읍에 도착한 것은, 능소화 칠을 한 벽, 윗부분은 붉은 벽돌, 노을이 벽을 받치고 있는 느낌, 꼬리에 긴 그림자를 매단 사람들이 유리문 안으로 사라지고, 혹은 헐떡헐떡거리는 버스 앞에 웅성웅성, 할머니와 할아버지의 말다툼 소리, 장례식에 가는 모양, 한껏 차려입었다,

먼지 가득 앉는 녹슨 검은 빛의 중절모, 잿빛 옷소매 터질 듯 옆구리까지 기어올라가 있다, 값싼 도금의 귀걸이, 구슬 박힌 구식의, 핸드백,

캐리어를 끌고 느릿느릿 읍내를 걸어간다, 허름한 유리창마다, 혹은 지붕 밑에 앉아 노을에 하품하듯 '미래식당', '미래부동산', '미래횟집', '미래슈퍼', '미래편의점', '미래커피숍',

잠시 쉴 겸 노을 드리운 커피숍 유리문 안으로 들어간다.

그 부분만 환하게 스프레이로 금빛 햇살을 뿜은 듯한, 커피숍에 어울리지 않게 키 큰 책장이 한쪽 벽에 서 있다,

아메리카노를 주문하고, 카드를 카드 기계에서 뺀 다음 주춤거리며 책장에 다가가 책 한 권을 뽑아 든다,

"환상깨기" 첫줄을 읽는다. '우리는 너무 환상에 빠져 있다', 그렇게 시작되는 그 책, 아메리카노를 마신다, 책장을 넘겨 본다, 나는 고개를 끄떡이며, 끄덕이며 우선 커피의 환상부터 깬다, 목마름을 축여 주리라는 그 환상, 달콤하리라는 그 환상, 그 환상, 깬다,

홀 한구석 유난히 어두워 보이는 한 켠에 노트북을 켜는 청년이 보인다, 읽던 페이지가 조그맣게 속삭인다, 환상을 깨게, 그 책의 저자를 넘어서리라는 생각을, 한 명제 뒤엔 늘 다른 명제가 나타나지, 저자만이 아는 명제가,

노을이 비쳐드는 또 한 켠에는 움푹 파인 것 같은 어둠 속에 계단이 보인다,

'아메리카노 환상커피'를 든 채 계단을 조금씩 오른다, 계단은 나선이다. 계단은 끊임없이 손짓하고 있는 것도 같다, 벽에 뿔이 난 것도 같다,

나는 뿔을 잡으며 올라간다, 한참을 올라가고 올라간

다, 자그만 유리문이 나타난다, 그리로 들어가 본다, 줄들이 방 한가득 쳐져 있다, 들어오지 말라고?

나는 깡충 뛰어서 줄을 넘는다, 또 줄이 나타난다, 나는 또 깡충 뛴다, 깡충깡충, 깡충깡충,

줄은 끊임없이 계속된다, 나는 넘어진다, 넘어진다, 이윽고 도착한 유리창,

유리창 밑을 내려다 보았다, 아무것도 보이지 않았다, 노을만이 길게 누워 있을 뿐,

나선의 계단을 내려와 마을로 들어가는 논뚝길로 캐리어를 밀며 간다, 저쪽에서 한 노파가 보행기를 밀려 다가온다, 늙은 여인은 나에게 말을 건다, 몹시 피곤해진 나는 왼쪽 다리를 절름절름거린다, "이런 걸 밀고 다니시구려, 너무 힘들어 보이네," 늙은 여인은 쯧쯧거리며 보행기를 가리킨다 "그런 걸 어디 가면 사죠?"

"저 밑 읍내에 가면, 슈퍼가 하나 있어요, '미래슈퍼'라고…… 그 옆 '환상가게'에 가면 있어요" 노파는 '환상가게'에 가는 길을 자세히 설명한다.

> 어디서 나타났는지, 고모가 노을그림자 사이로 끼어든다, 아, 고모, 늘 사라지는, 수천 년 같은 당고마기고모, 늙은 여인은 노을 속으로 사라지고 걸어온 길도 노을 속으로 사라지고, 나도 사라지고, 사라지고

샛골목 안 우체국

건너편엔 주유소가 있었지 아마. 건너편의 옆구리엔 샛골목 하나, 붙어 있었고, 샛골목엔 애달픈 눈물들 매단 산부인과,

지금은 오늘의 커피, 아메리카노, 카푸치노, 딸기 스무디 등등 분홍색 백묵으로 쓴 칠판이 서 있어, 샛골목 끝엔 우체국이 있고, 그 뒤엔 '더 길이 없음,' 이라고 매직펜으로 쓴 판자가 비스듬히 실눈뜨고 있어, '끝 없음, 끝없음, 없는 길을 시작해요,' 우리는 판자의 말을 놀라 듣는다,

우체국 맞은 편엔 방앗간집도 있고. 온갖 것을 빻고 빻던 그 집, 언제나 고소달콤 짭잘하던 그 집, 지금은 음습한 호프집이 되어 있어. 샛골목 길 한구석엔 숨듯 선 전봇대, 오늘도 구름 소식, 비 소식, 꿈 소식, 허공 소식, 허무 소식 등등을 전송하고 있고,

사소하고 사소한 돌멩이들. 아스팔트 밑에 막막히 웅크린 돌멩이들, 언제 싱크홀이라도 되어 햇빛을 보나, 눈감고 있는 돌멩이들

> 　　　사소하고 사소한 사람들이 오늘도 우체국 유리
문을 미는구나. 어쩌나, 고모여 고모여 당고마기고모여, 스
카치 테프 삐쭉한 소리 비명을 지르며, 빗방울같이 서걱거
리는 저 유리문, 히말라야로 끝없이 편지를 띄우는, 히말
라야 기러기같이 울고 선 저 유리문

당고마기고모는 살짝 절름거리네

한 모로 두 모로 네레 모로 가고 보니
한 모로 두 모로 네레 모로 가고 보니

당고마기고모는 살짝
　절름거리네
당고마기고모의 왼다리는
　조금 짧아
당고마기고모의 오른다리는
　조금 길어

당고마기고모의
　왼다리
당고마기고모의
오른
　팔
왼쪽 허파
오른쪽
　고개

왼쪽 신장

간

한 모로 두 모로 네레 모로 가고 보니
한 모로 두 모로 네레 모로 가고 보니

당고마기고모가 오른팔로
무거운 무거운 가방을 드네
당고마기고모가 왼 심장으로
무거운 무거운 가방을 드네
가방은 절름절름
　　돌아오네 돌아오네 절름절름
당고마기고모의 가방은 오른팔 가방
당고마기고모의 오른팔 가방은 심장 가방

당고마기고모는 살짝 비틀거리네
당고마기고모는 오른쪽으로 고개를 잘 못 돌리네

마당귀에 기대며 마당귀를 잡아당기며
　　　사알짝
　　　사알짝
심장이 비틀거리네
신장이 비틀거리네
　　　일생이 비틀비틀, 절름절름 달려오네
기일과 생일이 함께 비틀비틀, 절름절름 달려가네

그렇게 꿈이 삭제될 줄이야
그렇게 얼른얼른
삭제될 줄이야

　　　　　　한 모로 두 모로 네레 모로 가고 보니
　　　　　　　한 모로 두 모로 네레 모로 가고 보니

당고마기고모의 흉터

고모의 흉터가 몇 개인지 알고 있습니다, 저는,
휘어진 길을 닮은
첫 번째 흉터, 부챗살처럼 미끄러지는 무릎의
두 번째 흉터, 브래지어를 벗어야 보이는, 골진 가슴의
세 번째 흉터. 종소리처럼 떨며 흐르던 젖무덤 사이 리
본 모양으로 새겨진 그것, 어째서 거기 생겼을까, 고모는
모르겠다고 합니다,
　허벅지의 흉터도 보았습니다. 거뭇거뭇한 그것, 아마도
요 며칠 새에 생긴 것인가 봅니다,
　다섯 번째,
　여섯 번째……

　고모는, 흉터가 많은 당고마기고모는 별보다 눈부십니
다 아뜩합니다

고모의 자줏빛, 낡은 가방

당고마기고모의 자줏빛, 낡은 가방에는 주머니가
많았네,

유리 창밖으로 저녁이 길게 거닐던 어느 저물녘,
황금빛 햇살을 받으며 고모는, 고모는, 당고마기고모는 중
얼거렸네,

이 주머니엔 빵꾸러미를,___이 주머니엔 주민등록
증을, 이 주머니엔 은행통장을, ……이 주머니엔 열쇠를,
……이 주머니엔 지갑을, 이 주머니엔 ……이 주머니엔
……가방은 끝없이 분열했네.

이 주머니엔 눈물도, 이 주머니엔 빗방울도, 이 주머니엔
비애도, 이 주머니엔 열정도, 이 주머니엔 분노도…… 이
주머니엔…… 이 주머니엔…… 가방은 끝없이 분열했네,

가방들은 문을 열고 나갔네, 길바닥에 그려진 화살
표 위에 주저앉았네, 화살표는 앞으로 가라고도 하고, 옆
으로 가라고도 하고…… 유턴 표시를 하고 있기도 했네,
어디로? 어디로?

＞ 고모는, 고모는, 당고마기고모는 다시 중얼거렸네,

이 주머니엔 은총을, 이 주머니엔 기도를, 이 주머니엔
유혹을, 희망은 끝없는 유혹,
아야아, 미로는 끝없어 끝없어,

길들은 주머니 사이로 뛰어들고⋯⋯ 뛰어들고.

찻집, '1968년 가을'

그 소읍의 서쪽 끝에 한 자그만 찻집이 있습니다. '1968
년 가을'

눈시울 빨갛게 입구를 적시고 있는 우체통을 지나
면, 안개가 스며든 듯 허리가 부은 채 살그머니 열리는 유
리문, 상아빛 탁자들, 길게 누운 좁은 창, 천천히 살빛 안
개 가득 돌아다니는 안으로 들어서면, 안개 속에 이름들
이 껌벅껌벅 잠들고 있습니다.

창 밑 한 켠에선 고모가, 당고마기고모가 뒤축이
갈라진 꽃고무신을 꿰매고 있네요, 그 한쪽 옆엔 염주알
이 가득 모여 앉아 있구요, ― '염주줄이 끊어졌어요, 그런
데 마땅한 질긴 실이 없군요, '이 바느질 실로라도……' 고
모는, 당고마기고모는 호호 웃습니다, 염주를 실에 꿰는
고모, 당고마기고모, 고모의 옆얼굴 여신 같네요, 이름들,
하나씩 눈뜨는 이름들,

홀 한 켠에는 작은 어항이 놓여 있습니다, 알록달
록 물고기들, 헤엄칩니다, 펄럭펄럭 헤엄칩니다

﹀ 고모, 당고마기고모가 일어섰습니다, 그 여자의 푸른 옷소매 살빛 안개 위에 비스듬히 걸터 앉습니다, 염주알, 그 옆에 비스듬히 걸터 앉습니다, 뒤축이 갈라진 꽃고무신, 그 옆에 비스듬히 걸터 앉습니다,

  어항도 꽃고무신 옆에 옆에 걸터 앉습니다. 몸이 무거워진 안개, 안개를 낳는 안개의 어미 살빛 안개, 공중에는 뵈지 않는 인적(人迹)들이 가득 흘러내립니다, 홀은 부풉니다, 어항이 풍선처럼 떠올라, 유리문 앞에 선 검은 스타킹 금붕어

  이름들이 안개 밖으로 뛰어갑니다. 꽃고무신 옆에 있던 큰 길도 일어서 뛰어갑니다, 담벼락에 앉아 있는, 안개 잔뜩 머금은 이름들도 화들짝 일어서 뛰어갑니다, 고개를 주억거리는 이름, 안개바람 속에 걸린 이름, 물의 이름, 아야아, 천도(天道) 앞에 걸린 이름, 이름,

  우리는, 바람과 손 마주잡고 물이 되어, 이름이 되어, 길이 되어 흐릅니다. 출렁출렁 수세기 지구 끝으로 흐

릅니다,

그 소읍의 서쪽 끝 찻집, '1968년 가을'

초록빛 식탁

　　어느 날 베란다 창고에서 뛰어나온 당고마기고모 네 초록빛 식탁, 태아 같은 비취구슬 매달린 당고마기고모네 초록빛 식탁, 실오라기 같은 벗은 잠들이 가득 앉아 있다가 뛰어 일어선다, 창고 앞 노을은 언제나 잿빛 페인트 씌운 시멘트 벽을 업고 업고,

　　고모, 고모, 당고마기고모, 건너간다, 떠돈다, 별 조각 안는다, 성큼성큼 성큼 잿빛 시멘트 벽에 입맞춘다,

　　그 암흑을 열어 주오, 열쇠를 잃어버린 그 암흑을, 오구두루이 오구두루이,

　　구불구불했어, 내가 걸은 이 길, 너무 많이 올라와 버렸어, 내려가기엔 너무 먼 저 아래 길, 당신을 기다리며 기다리며, 떨리는 암흑에 기대곤 했어,

　　강으로 가는 사초들, 그리워하지 않아도 솟아나는 사초들, 나도 나도 여럿 사이에 끼어 여럿이 되니, 여럿이 된 내가 모래언덕을 오르니, 빨래하는 여인들을 따라 나도 나의 죄를 씻으니, 꿈을 버린 죄, 영원과 헤어진 죄, 소

멸을 버린 죄, 제탓이오, 제탓이오, 자주 의무를 소홀히
하였나이다, 중얼중얼 중얼,

　지나간다, 내 탓이 된 버스들이. 지나간다 내 탓이 된
길들이, 지나간다, 허리 굽은 길들도, 나선의 계단을 오른
다, 창고 지붕에서 튀어나온 검은 길들도.
　　　　아마 그 끝에는 당신이 서 있지 않으리, 중얼중얼
중얼

　제 탓이로소이다, 제 탓이로소이다, 제 탓은 애달픈 창
문에게 인사하나이다, 내 방을 고해소로 만드는 당신, 매
일 우리는 죽어 나가고, 죽은 이들은 가루가 되어 도자기
항아리에 웃는 얼굴로 넣어지고 경배한다, 우리는, 당고마
기고모, 경배한다, 우리는,

　　　　당고마기고모네 초록빛 식탁, 당신은 신, 무한 길
들이 떠도는 신이며, 무한 희망들이 진흙덩이처럼 달라붙
은, 안녕 안녕, 무한 길들이 떠돌며 숨은, 길들을 들쳐업고
업고 인사하는 고모, 당고마기고모,

> 어느 날 베란다 암흑 창고에서 튀어나온 당고마기고모네 초록빛 식탁, 길을 놓친다는 건, 길이 없다는 건 시작과 끝은 하나라는 것, 당고마기고모네 초록빛 식탁, 초록빛 둥근 잠, 노을은 언제나 인조 대리석 층계 업고 업고, 오구두루이 오구두루이

당고마기고모네 싱크대

　　　　　산으로 가자 하니 바람겨워 못 가겠소
　　골길로 가자 하니 심겨워 못 가겠소

　거기엔 늘 심연이 있었다, 우리가 닿지 못할, 두레박을 내리지도 못할, 그런 벼랑이 떠억하니, 당고마기고모와 나는 숨을 멈췄다,

　　　　신발에 걸리는 은수저,
　　　　꽃그림 그려진 삼각접시,
　　　　수돗물은 콸콸 쏟아지고
　　　　운명처럼 쏟아지고.
　　　　기우뚱기웃뚱 걸어오는 은냄비,
　　　　수천의 고무장갑 꽃잎처럼 새벽바다를 떠가는,

　　　　어둠이 심장에 구멍을 냈다,

　엄마아, 아빠아…… 소리치고 소리쳐도 우리의 소리는 벽을 넘지 못했다,

*

우리는 모두 누군가의 심장에 구멍을 냈다,

산으로 가자 하니 바람겨워 못가겠소
골길로 가자 하니 심겨워 못가겠소

짜다 만 붉은 털실

슬쩍 들여다보았네, 당고마기고모의 방을,

등잔불빛이 구부정히 서 있는 작고 낮은 갈색의 상 위
에는 까만 표지의 기도서가 놓여 있고, 레이스 달린 서랍
장 덮개, 활짝 핀 능소화가 수놓인 이불, 짜다 만 붉은, 공
같은 털실 뭉텅이가 방금이라도 굴러갈 듯 실을 달고 놓
여 있네,

구르고 있을 게야, 그 빗빙울은, 아직도

고모, 소리가 들려요, 빗물, 핏물, 뻣물 출렁이는
소리

고모, 고모, 소리가 들려요. 안갯물, 빗물,
빛물 출렁이는 소리
싸움 소리, 울음소리

들려요, 들려요, 흐르는 소리가
들려요, 들려요, 산그늘 내려앉는 소리가

들려요 들려요, 살그늘 무너앉는 소리가

  짜다 만 붉은 털실
  뚝뚝 떨어지는 털실의 피

소멸한다는 건 불멸한다는 것
불멸한다는 건 꿈꾼다는 것, 끝없이 만난다는 것

구르고 있을 게야, 그 빗빙울은, 아직도

슬쩍 들여다보았네, 당고마기고모의 방을, 등잔불빛이 구부정히 서 있는 작고 낮은 갈색의 상 위에는 까만 표지의 기도서가 놓여 있고, 레이스 달린 서랍장 덮개, 활짝 핀 능소화가 수놓인 이불덮개, 짜다 만 붉은, 털실, 수세기 지구 뭉텅이가 방금이라도 굴러갈 듯 실을 달고 놓여 있네,

    고모, 소리가 들려요, 물소리가 나를 뚫고 가요, 빗물, 바닷물, 살물 출렁이면서
    고모, 고모 당고마기고모 이제 잠 깨요, 살그

늘 내려앉는 소리로 이제 잠 깨요,
　　어둠 달려가는 소리로 이제 잠 깨요,

　　길값, 물값, 무쇠장옷 출렁이는 소리
　　광풍, 개안초, 하늘길 출렁이는 소리
　　아, 고모, 고모, 당고마기고모 잠들어요,
　　살그늘 내려앉는 소리로 잠들어요.
　　어둠 내려앉는 소리로 그냥,

당고마기고모네 창 밑

　꿈 깨어 찾아갔더니 당고마기고모네 창 밑에 소복히 흰 무덤이 생겨나 있었습니다, 무엇일까, 멈칫멈칫 들여다보았습니다, 하루살이들이었습니다, 하루살이들이 나를 향해 힘없이 손 흔들고 있었습니다,

　흰 눈물이 그득했습니다, 하늘을 찔렀습니다,

　아야아

이옥봉의 집

    이옥봉의 집은 당고마기고모네 옆집, 구불거리는 계단
왼쪽엔 고양이네 방, 고양이는 이제 마악 일어났다. 허리가
동그란, 살찐 그 고양이, 동그란 노오란, 면도날 같은 눈,
계단 밑을 오만하게 내려다본다. 내가 올라간다. 허리가 크
림색인 그 고양이 후닥닥 도망간다,

        어두우면 그 집에 가리
        작은 새 가슴 여닫고 있는 곳
         잠과 꿈이 서로의 허리에 옥빛 허벅지
를 얹고 있는 곳

        바람은 겨드랑 사이, 심장 사이로 불고
        피톨 사이로 눈까풀 사이로 불고
        이따금 빗방울도 끼어 지나가니

        어두우면 그 집에 가리
        심장 펴들고 가리
        작은 새에게로 가리
        잠들을 붙잡으리,

이옥봉의 집은 당고마기고모네 옆집, 구불거리는 계단 오른쪽엔 작은 새네 방, 작은 새 두 마리는 이제 마악 일어났다. 이마가 러시아 정교 신부 모자 같은, 한 녀석은 까만 모자를 또 한 녀석은 빨간 모자를, 온몸은 민트색인 작은 새 두 마리, 흠칫 떨리는 눈, 푸드드득 날아오른다, 고양이, 튀어오른다,

       어두우면 그 집에 가리
       작은, 죽은 새 만나러 가리
        잠과 꿈이 서로의 허리에 옥빛 허벅지를 얹고 있는 곳
        민트색 동그란 배를 뒤집고 누운 작은, 죽은 새에게로 가리
        바람은 피톨 사이로 깃발 깃털 사이로 불고
       이따금 빗방울도 번개도 끼어 지나가니

       어두우면 그 집에 가리
       심장 펴들고 가리

작은 새 옆에 작은 새 되어,

꿈꾸는 깃털들을 붙잡으리.

너무너무 안락한 의자

허공에 묻어 주었네, 다섯 사내
허공에 갇혔네, 다섯 사내의 꿈

　　멀리서 고모의 한숨 소리가 들려왔네

구름 깊이
눈발은 날리고
다섯 사내의 살조각
눈발은 날리고
눈발은 끝없이 구름 속에 날리고

　　너무너무 깊고 안락한 의자, 너는 거기 앉아 세상을 보고 있었지, 햇살이 쓰러지는 시각, 나선으로 걸어가는 것들의 부드러움이여, 중얼대면서 너는 거기 앉아서 보았지, 어떤 입들이 공중에서 떨어져 내리는 것을, 시멘트 벽에 깔리는 것을, 창밖으로 걸어가는 눈발들이 부드럽게 유리창에 부딪힐 때, 슬슬 어두워지는 하늘 밑에서 서로 부딪힐 때, 하늘을 떠도는 입들이 바닥으로 처박힐 때, 너는 너무 너무 안락한, 비로드로 된 잿빛 의자에 앉아 창

밖을 보고 있었지, 부드러운 햄버거를 먹으며, 연어 샐러
드를 먹으며 크로마뇽인이라도 된 듯이 특별해졌지, 황금
전화선이 울릴 때 그 전화선에 매달린 머리카락들을 손톱
으로 찢어 내며, 찢어진 눈썹들을 크리스탈 휴지통에 버
리며 눈까풀이라든가 잘라진 팔 다리들의 꿈 속을 너는
풍선처럼 천정으로 쳐올렸지.

　　　　너무너무 깊고 안락한 의자, 잿빛 비로드 의자는
너무 깊어, 하늘이 우르르 우르르 어두워 와, 전화벨이 대
리석 선반에서 울리고 울려, 벨에 손이 닿지 않아,

　허공에 묻어 주었네, 다섯 사내
　허공에 갇혔네, 다섯 사내의 꿈

　　　멀리서 고모, 당고마기고모의 한숨 소리가 들려왔네

　구름 깊이
　눈발은 날리고
　다섯 사내의 살조각

눈발은 날리고
눈발은 끝없이 살조각 옆 구름 속에 날리고

슈퍼마켓을 나오는 고모

초록빛 속살을 여는 시금치들
위에,

백내장에 걸린 듯 뿌연 멍한 그러나 쏘아보는 고등어
의 눈
위에,

비닐 칭칭 둘러쓰고 지평선을 바라보는 오이
위에,

파도치는 김
위에,

자유의 벗은 어깨에 휘감기는 두루마리 화장지
위에,

동전을 조심히 조심히 세는 캐셔 데스크
위에,

> 고모는 눕는다, 당고마기고모의 눈은 눕는다,

당고마기고모의 눈까풀은 부르고 또 부른다

드넓은 여기 사랑하올 것들

빗속에 혼자 앉아 있는 당고마기고모

고모가 빗방울을 흔드네. 지구가 내려가다 말고 흔들거리네. 하늘이 또옥또옥 물을 떨어뜨리네, 배경이 젖네, 모든 배경이 옷을 벗네, 속뼈들이 훤하게 드러나네.

그대는 빛나는 지구의 입이었음, 혀는 아직 우주를 떠돌고
꿈은 여직 바다를 헤매니

배경이 배경을 낳고
그 배경이 또 배경을 낳는
그 배경의 속으로 들어가는
배춧잎 같은 고모
속살도 아름다운 고모, 그대여, 당고마기고모, 그대여

모든 빗방울이 종료되네
그대도 종료되네
그대의 꿈도 종료되네

그대가 그대를 낳고

그대가 또 그대를 낳으니
그대의 속으로 들어가는

오늘은 불붙은 눈썹들 모래밭이란 모래밭에서 헤매니

고모가 빗방울을 흔드네, 지구가 내려가다 말고 흔들거
리네, 하늘이 물을 또옥또옥, 젖어드네, 모든 배경이 젖은
옷을 펄럭펄럭, 속뼈들이 훤하게 펄럭펄럭 펄럭,

고모의 기도서

이것은 당고마기고모의 기도서입니다. 낡고 검은 겉장이 소리도 없이 찢어져 있는, 그러나 무척 살가워 보이는 그것, 고모가 언젠가 그것을 들고 왔다가 우리집에 두고 갔습니다. 나는 가끔 그것을 들여다보았습니다

키 큰 당고마기고모가 그것을 고히 가슴에 받쳐든 모습은 좀 어울리지 않는다는 기분도 주었습니다. 기도서는 유난히 작았습니다. 그러나 기도의 정수를 담고 있다는 듯 오만하기도 했습니다

기도서는 일어섰습니다
우르르르 우르르르
계단을 걸어 내려갔습니다

빗방울 나부끼는 마을로 키스가 되어, 불타는 사랑의 키스가 되어

아야아,

> 고모, 고모 당고마기고모의 기도, 그립습니다

오래전에 쓴 시: 비마(飛馬)

나는 그때 분명 땅 속에 누워 있었습니다.
일어나면 내 머리가 흙의 지붕에 닿을 것 같았습니다.
내 팔, 내 다리, 내 혀도 내 것이 아니었습니다.

나는 고모를 불렀습니다, 고모, 고모, 당고마기고모, 내
혓바닥은 항아리 속에 소금으로 절여져 있었습니다. 내
옷은 황금빛의 비단이었고 팔목에는 낯모르는 보석들이
둘려져 있었습니다.

나는 아마도 백제 말기쯤에 누워 있었습니다. 딱딱한
바닥, 다 삭은 이불, 푸른색의 비마(飛馬)들이 그려져 있는
사면의 벽,

나에겐 어머니도 없었고 아버지와는 더욱 오래전에 헤
어졌었고,
나는 고모를 불렀습니다, 고모, 고모 당고마기고모,

사랑하는 이도 없었습니다. 나는 혼자였습니다. 혼자 아
주 오랜 세월 속을 눈뜨고 있었습니다. 막막한 땅 속에서.

고모의 골목

　당고마기고모가 요가원 앞 언덕길을 걸어간다. 지저분한 골목길, 후진 빵집이 있고 구식의 양장점이 있으며 꼬치구이 집이 있고 김밥이 유치하게 그려져 있는 분식집, 그 골목 어귀에는 최신 핸드폰을 선전하는 'show'라는 글자가 검게 저녁하늘을 기어간다,

　그 옆은 간판이 집보다 큰 약국, 무수한 먼지들이 사람들의 어깨에 묻어 함께 걸어간다,

　늘 빼꼭히 차들이 서 있는 좁은 골목길, 우리들의 수로(水路), 우리들의 누추한 아름다움,

노을이 질 때

"고모, 노을이 질 때가 됐어요" 나는 이층 계단에 올라서서 외쳤어. 그리고 마구 뛰어 올라갔어. 구석에 있던 의자를 번쩍 들고,

고모가 느릿느릿 걸어오셨어. 고모는 의자에 풀썩 앉으셨어. 마치 싫은 자리에라도 억지로 앉는 듯이, "고모, 고모, 어디 아프세요?" "아니, 아니, 노을을 보려니 내가 사라지는 것 같애" 고모의 비스듬한 웃음, 나는 고개를 숙였어. 나도 사라지는 것 같았기 때문이야. 우리는 나란히 해를 바라보기 시작했어.

해는 강물 위로 서서히 가라앉아 가고 있었어. 그 모습이 고모가 옷고름을 푸는 모습과 같았어. 분홍 가슴이 나타나고 두 개의 젖무덤이 출렁거리며 공기를 헤치는 순간,

나는 고모를 바라보았어

고모는 얼굴을 조금 씰룩이는 것 같기도 했어. 눈썹이 나는 듯도 했어. 눈초리가 강물 위로 퍼지는 듯도 했어.

고모 추워요, 너무 추워요, 이제 너무 어두워요.

저 집들이 뛰어가는 걸 봐.

집들은 노을 속으로 사라지고 있었어,

사라졌어, 모두 살아 졌어, 뒤에 남은 검은 몸부림, 몸부림

아, 고모, 고모, 수천 년 당고마기고모,

필립스 다리미

배 같은 필립스 다리미
바다를 가네

파도처럼
스팀을 내뿜네

실크들이, 린넨들이
파도를 줍네

방 안 가득 돛들이 춤춰
풀먹인 옥양목 목소리 펄럭펄럭 춤춰

배 같은 필립스 다리미
주름의 바다를 가네

스팀처럼
주름의 파도를 내뿜네

실크들이, 린넨들이

주름의 파도를 줍네

안녕 안녕 안녕
주름이여, 바다여, 파도여, 거품이여

고모는, 고모는, 무한회귀回歸 당고마기고모는
돛처럼 펄럭펄럭, 펄럭펄럭

3부
내 것이 아닌 나의

'아니고' 들에서 돌아오는 밤

너는 도덕도 아니고
    네 눈 안의 들보를 보지 못하는 자일 뿐
너는 비판도 아니고
    비판하는 척하면서 비판하지 못하는 자일 뿐
너는 사과도 아니고
    사과를 먹는 자일 뿐
너는 종교도 아니고
    신에게 기도하는 자일 뿐

너는 군중이라고 외치지 않으면서
  군중인 자일 뿐

귀리 한 알보다 못한 자일 뿐
시금치보다 못한 자일 뿐
달걀보다 미완성인 자

그러나 그러나
  너는 너인 자
  너는 아이를 낳는 자

너는 인류인 자

잊음을 잊지 않기를
너의 아버지와 어머니를 잊지 않기를
너보다 먼저 간 이를 잊지 않기를

고통과 기쁨을 준 모든 아침들을 잊지 않기를
황혼과 그리움을 준 모든 저녁들을 잊지 않기를

모든 너여, 복될지어다
모든 나여, 내일도 기도할지어다

인생

그 여자는 말했다

다시 살아도 이렇게 살게 될 거야
스무 살에 연애를 하고
뒤번쯤 긴 키스를 꿈꾸다가
사소한지 모르는 결혼을 하고
사소한지 모르는 이별을 하고
헐떡헐떡 뛰어가 버스를 타고
잠시 숨을 멈추는 동안
사소하고 사소하게 정찰표를 들여다보네
하루에도 몇 번씩 엘리베이터로 승천을 하고
에스컬레이터로 세상을 굽어 보며
내가 종족의 한 명임을 짐작하네
문득 별이 가까이 오는 저녁이면
뉴스를 보며 내가 그 여러 통계의 하나임을 실감하고
사소하고 사소하게 잠드네

그리고

사소하고 사소하게 꿈의 피켓을 드네

인생이여, 내가 간다고

그 여자는 소리쳤다

키 큰 금목서가 내게 말했네

그늘을 드립니다
사철 제 그늘 밑 앉을 곳을 드립니다

저물녘 멋진 노을을 드리고

늦가을이면 당신의 혈관 가득
너울거리는 향기를 드릴 겁니다.

덤으로 바람 한 줌도 드리고
빛나는 어둠도 드리겠습니다.

밤새도록
실눈뜬 사랑도 드리겠습니다

아, 키 큰
진초록 잎 출렁이는 금목서
언제나 출렁출렁 숨은 향기 달리는

어떤 전시장에서

아프게 후회하네
잠시지만
그 전시장의 선반에 놓인 나무새를 새라 여긴 것
잠시지만
물그림자 가득한 표주박을 마시려 했던 것
잠시지만
등불이 켜지지 않는 나무장식 등잔을 등잔이라 여긴 것
잠시지만
달리지 않는 사슴을 사슴이라 여긴 것
잠시지만
나무고래의 등에서 물이 솟구친다고 믿은 것
잠시지만
불을 켤 수 없는 초를, 나무로 만든 초에 불붙이려 한 것
후회하네
아프게 후회하네

어떤 시인의 시를 목각한 것
시가 자랑스럽게 벽에 걸렸다고 환호했네
벽에 걸린 시를 읊조리며, 읊조리며

시를 잃어버렸네

아야아,

봄·산길

봄·산길에서 내려오려니 문득 종소리가 등을 때린다,
나는 그 매를 맞는다.

종추는 힘주어 종을 껴안는다

우웅 우웅,
종소리가 말한다

　　너는 매맞는 소리가 되어라,
　　매맞을수록 네 소리는 더욱 깊어질 것이니

앵두나무 가지를 부러뜨리다

앵두나무 가지를 그만 부러뜨렸네, 그렇게 많이 달린 앵두를 어쩌나, 눈시울을 훔치고 훔치다가 부러진 가지를 그 자리에 살짝 올려놓고, 초록테이프를 칭칭 감고 별빛 노끈으로 단단히 묶은 다음 지팡이를 지지대로 세워 주었네,

오늘 난
앵두나무 그늘에 앉아 있네,
앵두 속에 발을 담그고 앉아 있네

검은 창틀
————구형왕릉에서

거기 가면
좁고 긴 창이 그대를 기다리리,
흑자줏빛 커튼 바람에 날리고
그림자는 검은 창틀을 땅에 누이고 있으리,

이런 글귀도 있으리라,
　　　내 낡은 창 하나 두고 가네,
　　　거기엔 가끔 욕망의 흑자줏빛 커튼도 하늘거렸으며,
　　　한 모롱이에선 붉은 잎사귀 업힌
　　　희망의 계단도 춤췄네,

　　　아마 우린 아마
계단처럼 팔짱을 끼었을 것이다,
　　　아마 우린 아마
붉은 잎사귀들처럼 입술을 포갰을 것이다,

눈부신 눈부신 바닥의 무게

　　　그대 불멸이니 나 또한 불멸

회귀回歸

시집값

그 여자의 검붉은 손에 이끌려 온
이 호박
푸른 빛 심줄이 박힌 둥근,

그 여자의 검붉은 손에 이끌려 온
이 오이
초록빛 혈관 길길이 일어서는,

언제나 웃는 눈썹에 이끌려 온
이 가지
윤나는 보랏빛 이슬 물고 있는,

언제나 웃는 햇볕에 탄 심장에 이끌려 온
이 마늘
우르르 우르르르르
흰 향기, 은빛 망사주머니에서 피어오르는,

시집값이요!____ 불쑥 내미는
소낙비 같은 목소리

거대한 오후

하루종일 도시를 헤맨다.

지하철에 실리고, 걷고, 입구를 찾고, 스마트폰을 흔들며…… 두 개의 은행과 은행 사이에서…… 백화점과 백화점 사이에서, 시장과 시장 사이에서, 입구와 출구 사이에서, 가끔 아름다운 빵에 실눈 던진다, 눈부신 유리케이스에 안겨 있는 아름다운 빵, 발레리나같이 곧추 서서 유리를 밟고 가는, 아름다운 빵, 노릇노릇 구워진 온 몸을 날개처럼 펼치고 햇솜 같은 햇빛 내려쌓이는 거리의 지붕 위를 사뿐 나는 아름다운 빵, 이국(異國)의 빵, 화살표와 화살표 사이에서, 건널목과 건널목 사이에서, 길을 찾아, 길을 잃고…… 자빠지고, 넘어지고…… 두꺼운 길, 얇은 길, 헤어지는 길,

길 하나를 열면, 길 둘, 길 둘을 열면 길 셋. 길 셋을 열면 무한, 무한 포옹의 오후,

햇솜 같은 햇볕 내려쌓이는

내것이 아닌 나의

아시다시피
모든 추모시는 부칠 데가 없습죠
부칠 데가 없는 추모시를
나는 밤새워 쓸죠

아시다시피
모든 추모시, 비명들은 보낼 데가 없습죠

모든 시, 모든 일기, 모든 이 세상의 비음들

그 깨알같은 글씨들을 또는 비바람에 벗겨질 그 글씨
들을

나는 밤새워 쓸죠

내가 입은 빌린 책상
내가 입은 빌린 외투
내가 입은 빌린 가방
내가 입은 빌린 속옷들

머플러들, 숟가락들, 책들,
풀, 미래,
들판, 거미들, 작약꽃들, 금목서 향기, 추억들

아무것도 내 것인 건 없고

나는 밤새워 쓰죠, 내 것이 아닌 나의 시를, 내 것이 아
닌 나의 호두나무 책상 위에서, 내 것이 아닌 나의 볼펜으
로 쓰죠
내 것이 아닌 나의 커피를 쓸쓸히 마십죠

나는 밤새워 쓰죠

TV를 들여다보네

『한국 문학사』를 읽으면서 한국문학을 잃어버리는 밤
『문학의 이론과 실천』을 읽으면서 문학을 잃어버리는 밤
하릴없이 TV를 들여다보네

앞에 웅크리고 있는 비닐 봉지, 검은 비닐 봉지,

　　　　　　언제부턴가 이 모양입죠, 갈가리 찢겨
세상 바닥이란 바닥에 버려진 후, 신열이 나서 나를 구겨
트리고 있는 중입죠, 그래도 나 없으면 인간의 일이 안 돼.
1000원어치 귤도, 2000원어치 무화과도 살 수 없어, 아암
살 수 없어, 나는 인간의 지배자, 21세기형 지배자, 사라지
지 않는, 영원히 세습되는 독재자, 우쭐우쭐 플라스틱도,
스티로폴도 걸어나오네, 신은 죽었다, 소리치며 걸어나오네,

　　　　　　그도 죽었지요, 죽지 못해 살다가 살다 못해 죽
었지요, 그가 죽은 날엔 비가 펑펑 내렸어요, 폰 갤러리에
서 사진을 꺼내 급히 확대한 영정사진이 거센 비에 쭈그
러져 날아다니던, 오, 검은 비닐주머니, 노오란 귤이 황금
처럼 쏟아지던 오, 검은 비닐주머니,

> 비 내리는 『한국사』를 읽으면서 비내리는 한국을 잃어
버리는 밤

비 내리는 『역사의 이론과 실천』을 읽으면서 비 내리는
역사를 잃어버리는 밤

        등받이도 없는 역사 의자에 앉아
        하릴없이 TV를 들여다보네
        한 손에 테이크 아웃 커피를 들고
        하릴없이 TV를 꼬옥 껴안네

만두

　지구의 속은　만두 속 같을까

　온갖 그을음과 온갖 구호와 민주주의 와 자본주의 와,
사회주의 와 등등 잡채처럼 그러나 꽉꽉 차 있을까, 있을까,

　그런 만두가 은하를 들고 반딧불을 들고, 때로는 천둥
을 들고

　끊임없이 달리며 발을 떼고 있을까

　김해·춘천·울릉도의 추억이, 동포동·남포동의 이별이

　모든 사람의 수억 개의 고향이

　그 공 안에는 들어 있을까

　모든 사람의 수억 개의 사상과 기억이

　그 유빙 속에는 들어 있을까

　쇼팽과, 말러가 드볼작이, 바흐가

　거기서 시금치를 거두며, 당근을 버무리며

　끊임없이 선율을 울리고 있을까

　칸트와, 들뢰즈가, 뭉크와, 베이컨이 계란 말이를

　돌돌 말아 붓처럼, 물감처럼 던지고 있을까

　세계의 모든 이들의 머리칼에 바른 염색액들이

　강을 이루어 바이킹의 돛처럼 출렁출렁 바다로 떠나고
있을까

모든 문명된 집안에 버티고 있는 냉동실이여
우크라이나, 키에프, 이집트, 빈라덴, 트로츠키……
수많은 낙태와 이별과 자위가 만두 속같이 달리는
지구라는 별이여, 은하여
소멸의 불멸이여
아름다운 추락이여, 상승이여, 절대고독이여

나는 결국 DMZ에 가지 않았다

나는 결국 DMZ에 가지 않았다
DMZ에 결국 나는 가지 못했다
DMZ 트레인에 나는 결국 신청하지 않았다

탈북인을 위한 시낭송회에도 나는 결국 가지 않았다
'우리가 물이 되어 만난다면'이라는 나의 시가
통일시에서 시작되었다고 말하면서도
나는 분단을 지지하였다

나는 분단이 되었다
함경남도 홍원이 출생지라고 하면서도
거기 정치수용소가 있다고 눈시울 적시면서도

아마 백석이 그 근처에 있었을지도 몰라, 그리움에 넘치
면서도

나는 분단을 지지하였다.

통일을 환상적으로

또는 모자쯤으로 생각하였다

또는 지적으로
또는 계층적으로
또는 부계적으로 생각하였다

그러나 지금 또다시 생각에 잠겨 본다.

거기서 천상화 일어설 때까지
거기서 청룡이 날아올 때까지
거기서 곤이 물비늘 털며 올 때까지

모두
씨익 웃을 때까지

새가 난다

— 어느 시인에게 바침

새가 난다
모르는 새가 난다
모르는 새는
모르는 곳으로 날아간다

　　오늘 그 거리에 왔어
　　그림 하나가 떠오르는군
　　껑충껑충 뛰며
　　길을 건너던 너

새가 난다
모르는 새가 난다
모르는 새는
모르는 곳으로 날아간다

　　너는 그곳을 꿈길 또는 해방구라 불렀지
　　너는 자동차들이 사라진, 고요의 그 건널목을
　　껑충껑충 뛰어 날았어

> 건널목 양쪽의 벽들에선 소올소올 불고기 냄새가
날고 있었지

새가 난다
첨 보는 새가 난다
첨 보는 새는
첨 보는 곳으로 날아간다

아,
축복의 고통들이 날고 날던 그 길
고통들이 갖다 준 러닝셔츠를 깃발처럼 펄럭이며

새가 난다
첨 보는 새가 난다
첨 보는 새는
첨 보는 곳으로 날아간다

너는 시 같은 성명서를 쓰고
나는 성명서 같은 시를 쓰던 날에

새는 날고
첨 보는 모르는 새는 날고
첨 보는 모르는 새는
첨 보는 모르는 곳으로 날아가고

　　너는 시 같은 성명서를 쓰고 날아
　　나는 성명서 같은 시를 쓰고 날아

모두 모두 날고 있던 그 건널목의

양배추, 그리고

양배추, 그리고 시를 지고 가네
하도 무거워 잠시 비틀 하다가
어느 쪽이 더 무거울까 장난삼아 생각해 보네
시가 더 무겁겠지?
시가 더 영원하겠지?
아니야, 생각해 봐야 하겠는 걸
양배추가 영원하지?
양배추 어머니는 양배추 딸을 낳으며 절규하고, 웃고,
그 어머니 양배추는 또 그 어머니 양배추를 낳으며 절규
하고, 웃고, 또 그 어머니 양배추는 또 그 딸 양배추를 낳
고, 절규하고, 끝내는 울고⋯⋯
양배추가 더 영원해,   더,

양배추와 시를 지고 가네
하도 무거워 잠시 비틀 하다가
어느 쪽이 더 무거울까 장난삼아 생각해 보네

아직도 길은 끝나지 않았네

그 아이의 방

그 아이의 이름은 '미래'였어요, 성은 '저'였구요

그 아이가 웃을 때도
그 아이가 밥먹을 때도

그 아이가 사랑할 때도
그 아이가 가 버릴 때도

그 아이의 이름은 미래였어요, 성은 저였구요
지금 그 아이는 가고 없어요

지금이란 언제나 빈 방
햇빛이 달려와 꽂히는 방, 그 아이의 방

지은이 강은교

1968년 월간 《사상계》 신인문학상에 시 「순례자의 잠」 외
2편이 당선되어 등단했다. 시집 『허무집』, 『빈자일기』, 『소리집』,
『우리가 물이 되어』, 『바리연가집』 등이 있고 산문집 『그물
사이로』, 『추억제』, 『젊은 시인에게 보내는 편지』 등이 있다.
한국문학작가상, 구상문학상 본상을 수상했다. 동아대학교
인문과학대학 문예창작학과 명예교수로 지내고 있다.

미래슈퍼 옆 환상가게

1판 1쇄 찍음 2024년 7월 5일
1판 1쇄 펴냄 2024년 7월 19일

지은이 강은교
발행인 박근섭, 박상준
펴낸곳 (주)민음사

출판등록 1966. 5. 19. (제16-490호)
서울특별시 강남구 도산대로1길 62(신사동)
강남출판문화센터 5층 (06027)
대표전화 02-515-2000 / 팩시밀리 02-515-2007
www.minumsa.com

ISBN 978-89-374-0943-1 (04810)
     978-89-374-0802-1 (세트)

민음의 시
목록